Der Babylonwald

Jiří Gruša

Der Babylonwald

Gedichte 1988

Nachwort
von
Sarah Kirsch

Deutsche
Verlags-Anstalt
Stuttgart

Göttlich

Mitten im sessel
aufgeklappt vor dem haus
im schoß einen kieker
fern fern im süden die bahn
(ich könnte es wissen)
hinter mir hennen (zwei?)
über dem hügel geläute
ein umzug (wessen?)
ein sarg

ich könnte wissen auch dies

doch ungerührt
lasse ich dauern
ein ganzes lächeln
lang

Der Ort

Die fensterflügel
schlugen schon
die wände wurden naß
doch unser haus blieb stur
unbewegt stand es in nesseln
ein dünnes Vogelbein
hob es hoch
und lachte hennenfroh
diesmal nicht aufgelegt
böhmisch zu gockeln

Das Tintentier

Die fliege
blau
das tintentier
auf heimweg
zum kleinaas im garten
auf irrweg
über dein langes
schreiben von gestern
und du zu der stunde
hastlos nach Ensko
den bach hinunter
allein und
summend

Der Garten

Gelebt in wachsamkeit
frei vom zweck
kamen worte zu mir
nicht zu verlernen

ich saß im garten ohne obst
abends beim heimflug
des habichts

das schwarz der flügel
war boshaft.
Ich drohte
mit der hand

und er
er ließ sich nieder
auf ihr
als wäre sie
- so nackt -
eines falkners

Collage an Jana

I.
Das gehäuse der tischuhr
mit einem bläuling im juli
hereingeflogen
aus dem moor der Elbe
sich sicher
was süßes zu finden
im holz
bald äone
nach deinem tod

II.
Kot an den stiefeln
zur seite treten
wenn baumschneider kommen
in euren garten
hinschauen leise
wenn äste fallen
wenn hinter den fenstern in Itz
licht gemacht wird
und holzhaufen brennen
im zugwind

Erneut betont

Es ist aber auch vorgekommen
daß ich glücklich war
ein salamander
orangerot
unter dem blattpilz
in Ensko
noch immer nicht
gänzlich beherrschend
mein einziges handwerk:
das menetekel
in tülitüli

Café Slavia

Die mainelken
auf deinem hut
rafften sich nochmals auf
als ich dich fühlte
unter dem tisch

aufgeblüht
stoßen sie kaffeeduft aus
und frühtau

eine möwe
stiebfunken fahrender schiffe
im auge
rief ragga ragga
geflügelt im fenster
über dem unsichtbaren fluß

und noch geräuschlos
rasten kometen
über unsere köpfe

Das Panorama
(für Petr Kabeš)

Eisgefesselt
der fluß
wurde nun weicher
unter den füßen

im handumdrehen
taten sich berge auf
geduldig grausam
gebieterisch groß

und auf der suche
nach deiner
vorletzten sura

Die zehnte Elegie
(für Eda K., die Seherin)

Ça ira
solange das holzbein
doch noch aufblüht
nach fünfjahresplan
und im frühgewitter
schmächtige männer
ihre scheidungen
treffen
und die großtasse
verkehrtrum aufgetischt
den kaffeesatz
lang langsam herunterläßt
rabenhaft
ölig
und schmeckend nach sandbrei
so daß man in der tat
schwarz sehen kann
über lichtjahre

Hafenstadt Prag

Markisen matt
unter der mittelglocke
des Veitsdoms
eine selig tanzende henne
mit goldenen ringen
um den fuß
morgens die möwen füttern
möwen der Moldau
mit mohnkuchen deiner
am freitag
gestorbenen tante
ein segelschiff parat
am bahnhof
in Lachfeld

Promenaden

Ihr herbeiharrer zögernder wunder am kitschkai mit
Hradschin wenn feuervögel sie abends versprechen mit
flammenden federn wenn Ryschkas - die füchsinnen mit
weltall fegendem schwanz - euer eifriges warten nicht
wegschaffen können und der tschechisch zischelnde fluß
alles verrät und freispricht - zugleich

Emsige eiler der nicht zu viel arbeitenden klasse mit
hamstertaschen beiderhands ... verbissen sich anschauend
in leeren ladenfenstern Bürofaune schon wieder beim
vormittagsfick ziemlich gut übertönt von schallenden
schildkröten der s-bahn

Hört wie sie vorbeigerattert bergab zum botanischen
garten wo ihre Nemo gondel im farn geparkt unter
genauso fraglos verlassenen flößen der väter
Aligatorisch flink sind die schiffe Ein Klima zum
wachsen Unter dem feigenbaum mit schwitzenden
blättern ein ur-mann der seine rippe begattet vor
duldsamen augen eines der zoologie noch
unbekannten tieres

Ein wächter ... er kommt mit einer blitzenden
pfeife und trillert die schließzeit

Mein Vater tanzte

So tanzte er
du folgtest ihm
mit blicken
es war kein stampfen
kein stolzieren
nur sanftes hoch
im juni

mit händeklatschen
so

da blitzte es –
ein tagstern um die zähne
die seinen jung
noch bis zuletzt
er faßte mich
er warf mich
in die lüfte

und ich blieb dort
breitgeflügelt
eine echte zeit

kleines war klein
großes sehr groß

berge sah ich
sagengestalten
die arme gespannt
den juni dazwischen
rief ich herunter
man solle mich pflücken

An Rilke

Noch einmal in Sierra
aufwärts
denn engel sind
allesamt
sanft
wenn man von süden
nach Raron
wo er der Widerspruch
im salongrab
aufgebauscht
ein Klage-Land sucht
längst längst gelandet
unter den dörflern
nicht einmal schöner
als böhmische
bauern

Im Maien

Der umstand
ist günstig
ein könig der drosseln
ein bussard
die sonne
unböhmisch hoch

und dann das
hüpfen
von stein zu stein
- die hoffnung

am längsten
zwischen den
sprüngen

November

Müde
legt sich das tagtier
auf deine brust
müde sagt es
ich brauch dich

ein sperber
lauert im himmel
er hat dich im visier
er sieht dein langsames
übersetzen des gartens

Wieder an Jirka P. den Dichter

Gutgelaunt
läßt er jetzt
frischgefiederte verse
undatiert wachsen
in seinem treibhaus

am morgen
erneut erfreut
über das endlose
ihres gepiepses

Die Punkwa

(Für Pavel Švanda,
ermordet 1981 in der
mährischen
Punkwa-Schlucht)

Unklar
seit wann der Fluß
zum tiefstrom wurde
seit welcher ur-zeit
er ihm gefolgt
bis er am sturzschacht
das wirrwasser sah
und den kranz unten
noch nicht zertrennt
noch nicht gesunken
und gewiß vom haupt
seiner braut

Abendrot

Holzfäller hörbar aus dem Babylonwald
glocken haus hang Fuchsbauten hieß es
ein abend fand statt erweitert um krampfhafte böen
voll steingries fremder konsistenzen
ich stand da Ensko im rücken feuerlicht collagiert
eine triefende stadt in feldern
scharlachkürbisse taten die münder auf
und stießen drohungen aus unzaghaft deutlich
obwohl in sprachen uns unbekannt
du sagtest: hinweg von hier
bevor uns einholt das nichtgetane
ich schloß die augen
aber auch hinter den lidern
brandstifter

Babylon - der Wald in Ensko
(für Sabine)

So kam ich da in einen wald
der schwamm leicht aufgebauscht
vom wind

es war am himmel zu erkennen
der mondvoll südwärts
zog

ich folgte ihm
mir wurde schwarz vor augen
und fiel ins hohe gras
das trug
wie fruchtwasser

hände auf der brust
und irgendwie schon blindlings
vergaß ich das land
von dem er sich löste
ein meeresufer suchend
an dem man belaubt

Treppe hinunter

Behutsam
etwas aufzutun
die buche vielleicht
(ohne geknirsche)
die fenster
mit ausblick ins moor
da - unter dem haus
das du gebaut
mit katzen und türen
mit dieser treppe hinunter
wo eine flimmernde schlange
vor deinem vorrat wacht

Lazarus

Drüben
die distel
der bote
und zögert
etwas end
gültiges
zu überbringen
immer noch
brabbelnd
mit jemandem
nicht zu erkennen
der aufgeregt gestikuliert
auf einem von gestern
noch nassen weg

Saisonbereinigt

Die zeit an solchen tagen
ist schwer zu schätzen
es wird immer gleich grau hell
die zäune bereift
warten auf amseln
unleserliche fußschrift
man kennt jede ecke
man erwartet man
überwintert mit einem
hustenden kater im bett
froh froh am freitag
wenn kommandos ruhen
und gestalten am talrand
sich freundlich entpuppen
die bäume dir nicht mehr bös
und vom bahnhof her
ein mann mit der blutigen binde
um den kopf der meint die toten
kämen erst nachgeliefert
bei besserem wetter

Das Rein-mit-der-Sprache-Spiel
(Böhmische Kochrezepte)

Man friert sie ein
die sprache
eben aufgeblüht
noch halbwegs in der kehle
man läßt sie gut bereifen
und knetet sie zum zapfen
etwa mannshoch
dann drückt man sie zurück
bis blut und scheiß
darunter
wörtchen für wörtchen

Gelblich collagiert

Vergeßbares
frostig vor dir
mit den noch keinesfalls
weich geredeten eichen
ein moosweg
bis an den waldrand Babylons
ein tschechisch lispelndes
kreuz aus gußeisen
vergeblich dreimal
von dir aufgestellt
böses getier im gras
käfer mit forken
und mahnenden mähnen
alles auf gelb
es naht der Wenzelstag
wenn die örtlichen glocken
fluchtunfähig
verkehrt eingebaut
am klarsten
klirren

Spa

Möwen am mittag
zerrissene rufe

ein mann mit der bahre
kommt über den sand
er stellt sie neben die deine
blättert in büchern
lächelt dich an

du schließt die augen
hörst segel im schlag
das dröhnen des drahtseils
das plätschern an vielerlei kielen
doch nichts trägt dich fort

Das Erwachen

(für Sarah Kirsch in T.)

Abbilder ferner berge
liegen die schafe um dich
die fähre über den bach
gesunken seit gestern
zum anderen meer
zwei lichtschritte
nich einmal ganz
goldammer durchsiebt
von einem wanderbusch
schnurstracks und glücklich
sich halbwegs zu finden
im magma des morgens
der eine natter zeugt

Ein Piktogramm

Die wolke
die ich äsen ließ
hoch in der alm
und die so plötzlich
bäume fraß
ohne zu kauen
und ich da
so ängstlich
es falle auf mich
wieder das ganze
leere
land
nie mehr zu lassen

Ein Ort wie Dunkles
(in Tmáň)

Warum hast du das schwarze angehabt
als ich nach Pilsen fuhr
was für vergehen
am tage des reifs
in wipfeln der bäume

ein ort wie dunkles
eine katze
totgefahren in wäldern
nahe der grenze

im westen
ein wintersturm
mit suchenden blitzen
erpicht auf mein
geigenholz

Nachricht

Zweifellos
liebtest du ihn
den flaschenpostboten
mit sandbriefen
eilsteinen
wegwerfwarnungen
in jenen unermeßlichen
tagen voll flaum
rund um den schrecken
zweifellos liebtest du
keltische landschaften
die er entziffert
willig sich leise zu schieben
zwischen ihr felsiges
unter dem tschechenmoos

Zusätzlich eingetragen

Kurz vor dem Ausgang hat sie gezweifelt, ob die Zeit draußen
nicht anders lief und wir jetzt ungewollt in andere Täler kommen
zu anderen Menschen anderer Sprachen. Ich lachte jung, mir noch
ganz sicher unserer Gestirne. Allzuoft spielten
wir das Woran-Denkst-Du und dachten nur gierig ins Gras. Sie war meine
böhmische Braut, sollte bald sterben, glaubte mir jedes Wort. Ich
habe behauptet, die Grotte wäre aus Gips - erbaut zur Kurzweil
närrischer Fürsten.

Pendeligel

Es war ein garten
schlangenlos
voller bäume
es waren augen
bewohnbare
räume
und äpfel rot
einst eingepflanzt von dir
da lebten wir
wie sterne mittens
dieser früchte
auch sternenreif
zu vielen herbsten
ein pendeligel wars
er trug uns
zu den menschen

Ruhig

Ein gedicht
bin ich euch schuldig
böhmische hunde und katzen

Dir Zar
kung-fu-wüterich
der du sie ansahst
meine verhafter
der einzig laute
im hochhaus

Dir Mizzubasch
waldstrolch
der mir gefolgt
geschlafen gebeugt
um meinen hals
wann immer die angst fraß

fortmiaut und hingebellt
seid ihr
nützlich zu pulver gemacht
in jenem praktischen Prag
mit streugut aus asche

Seelensee

Nein
keine menschen mehr
in dieser meeresgegend
lachmöwen laut
und augenlose löcher
im fischkopf
an dem sie emsig
hacken

und deine stimme noch
die furchtlos fragt
ob ich hier
wohne

Die Kirche in Raron
(aufatmend)

Einige waren schon tot
in der zottigen landschaft
am Jüngsten Tag
andere erst gequält
sündegerecht
sahen sich gezwungen
tränen aus mörtel zu bröseln
die freunde
zwischen den beinen gesengt
wie kirmesschweine
mich hats berieselt
doch draußen ...
grub man ein grab
und warf ins freie
einen hochzeitsschuh
meiner oma

Das West-Spiel

Ein kind
(mit versteckten augen):

Jetzt seid ihr voll
und schnurrig

jetzt tanzt ihr
todlos

und werdet starr

jetzt fallt ihr
splittert
rinnt und riecht

nach knochenmehl

Oh, Venedig

(für Casanova,
in Böhmen verwelkt)

Dogenkatzen
sonnige tiere der mülleimer
selbst ihr geschnurre ist licht

da gehst du
bist müde
ein irrweg heißt: *Ramo*

und möchtest schlafen
in *Ramo di Grusha*

katzenfaul breit
bröseln und bröckeln
bis man die tauben versteht
die kichern und fragen
Aus Böhmen der Herr?
wo man zur strafe stirbt ...

Das Leer-Spiel

Einer wird ausgewählt
er geht fort und sagt:

ich denke ein wort
ortlos wie ich
ihr sollt es bergen ...
ich zähle bis zehn

doch ihr seid stumm

da sagt er
ich zähle auf zeit

doch ihr seid jünger
und jünger

so steht der spieler vor ihnen
und schweigt sich
häuser herbei
wohnleiber
dachbäume
freilichtmuseen
der langmut

Die Zunge

Ich schlug nach ihr
ein star erschrak im garten
doch sie
war ohne hast
sie baute sich
ein fluchtschiff
aus löschpapier
und nur die einmachgläser
auf dem schrank
sie zitterten ...

und motten
wurden munter
die im trauerkleid

Aufenthaltserlaubnis

Sockenfuß
nicht einmal nachts
halbtags halblichts
in einer zauderstunde
tat er türen auf
in eurem wohl
riechenden haus
akzentfrei
schlich er sich ein
hörte euch kindermachen
lächelte lauschte stieg
treppauf und treppauf
diebisch angelangt
in einer diele
mit übersetzbar
gurrenden tauben

Fluten

Die pappeln und die elbemöwen in ebenen um Itz die
niemand gräser
überströmt in frühlingsfluten das noch blasse rohr
unter dem
zinnhimmel Glücklich in septima mit M ... als mein
blut
noch mücken beliebt der otter schwamm dahin im
pfeilwasser
zog das dunkle über uns - fror es? um schilfteiche
gewiß!
ahornmönche seriös umgürtet mit schatten ... alleen
vorgespannt
und karren kartoffelbauern drauf mit knallenden
peitschen

fremd ging ich und fand fremd keltische gestalten
den ogmas den ogmis und Prag - wir lachten Petr!
wir schrieben gereimtes zeug bojenartige botschaften
ernstgenommen nur von dem stadtfluß

in mänteln saßen wir an ufern der Moldau
und hörten ihr schnalzen in moll

Lästig

Lästig die mütze
für einen totenkopf
schamhaft
die axtspur darunter
dennoch zu sichtbar

tags bezieht sie sich
mit einer narbe
nachts blüht sie auf
leuchtet und lockt
die falter

sie kommen
sie lassen sich nieder
auf dem schild
mächtig bewohnen sie
die ohrenklappen

denn wir sind winters
gestorben

Dementi I

Nächte
hereingebrochen
wie der winter neulich
es fehlt an sorgfalt
schaut auf das blattwerk
unter den bäumen
auf türen herrenlos
auf die krausige sichel
im estrich
gewiß von eurem
kragenmaß

und dennoch:
ihr täuscht euch

er ist nicht abgereist
er wohnt im ahorn
ein zeit-wurm gestundet
entsorgt
ein äußerst mutiges tier
entfernter blüten

Fernreise

Dabei führte ich mich auf
als bliebe im hause noch jemand
ließ die tontassen
mit teeschmutz auf dem tisch
die karogardinen im flattern
fenster nicht zugetan
mit reichlichen gemälden
galloschen vortürig
noch voll kot
den hochmond als erbliches wappen
und dich dich
liegend im bett
die haare so hell
die freien hellichten
haare

Herausgerissen
(ein älterer Text)

Und keine wege mehr
der befehl bloß
sie unentwegt
zu bauen ...

Nicht geräuschlos

Nicht geräuschlos
doch überhörbar
fing die nacht an
behorchte dein
nägelwachsen
löschte die lichter ringsum
machte das stirnaug auf
den sehenden see
der zurückverlangt

Schonungen

Vertane tage
an dir vorbei
wege gemündet
ohne zu fragen
landschaften
schließbar
wie buschwerk

schonungen

meistens am morgen
um neun
wenn alles noch aussieht
als gäbe es sie
falls sich die fahle sonne
aufrafft

Da capo Frühling in Prag

Blessen
jetzt schneelos

Es kommen die dichter
überwintert
erscheinen sie
einige dennoch dick
noch lichtscheu
noch gähnend
die münder so breit
daß jagdfliegen
sich trauen
ins freie
ihr schiebbares tausendaug
knirscht schon
langsam gestellt
aufs frischaas
der jahreszeit

Kapitän Nemo

Ein fremdstern
als axthieb in dem tisch der kneipe
mit blühenden fischen hinter dem nachtfenster
und du
du tödlich erstaunt
über das deutschwort
zeitmesser

Busfahrt nach Bunzlau

Es blühen auch urnen in Prag zu günstigen frühlingen
und einbahnwolken gutartig dulden das ganze der bus
entschieden für Bunzlau möchte dich mit herauf herab
nehmen die wespengelb gelbe sonne gelagert auf dem
dach

Unabschüttelbares mitgift mürrisches blinzeln an allen
alleen kreuzwegkapellen bröckelnd noch lateinkrank
weihlose wesen in Podol die schlucht ein gasthof mit
tischen mit wem wem wehenden tüchern davor
wartende
schwarzpassagiere in zischelschar zusteigend grüßend
den fahrer der grüßend wegschaut

Knoblauch und laichgrün gedufte des noch zu
tötenden
tages taschen taschen und säcke rüstige greisin im
selbstgespräch voll schimpfen gähnende monteure
Letover
luftwaffe vor Brandeis ausgesetzt auf
lavalichtbrachfeldern bepissend die einzige linde

Ein miauender bengel der fragt was in den tüten tante
die eine kohlrabischale zwischen den zähnen fischt mit
schlürfender zunge Bahnübergänge buckelig grob Das
fanggut ratternd auf ihnen ... herbeigeschaffenes das
mark der woche hupen der ankunft daß die fracht
endlich
zu müttern geschifft

die bereits kochen das hiesige

Nach dem schneelosen Winter

Schau deine kritzel
hin hingeflogen
so eben hingelegt
auf den tisch
ein stichwort
so ziemlich alles
was du wiegst
nach wochenendträumen
in denen man
sterben übt

Il ritorno d'Ulisse in Patria

Heimwärts
über den aasfalt
der straßen
ein paar eiserne
schuhe an
nicht allzu schwer
für deinen
schrumpfenden zeppelin
von dem aus mir
türme versprochen
tauben an firsten
und reife glühbirnen
in windigen bäumen

Notiert

Das frischwort
geliefert
von metzgern des tages
noch riechend von lippen
ein schmalstern
im apfel

die faust ...
ins auge

Dementi II

Es ist nicht wahr
sie töteten die kinder
nicht

sie ließen sie
bei uns

befahlen bloß
die kleinen körper
huckepack zu tragen
und schauten zu
dem altwerden

Deus loci

Natürlich gibt es auch gräber
in denen getanzt wird
in Ensko etwa
von hunden bewacht
auf klirrenden ketten
auf dem hagedornhügel
wo mein sohn bereits
ein kurzes flughüpfen geschafft
ungesehen
von busch zu busch

Die Bö

Achtsam
geht er um die scheune
sucht nach dem fischigen
hinten im hochgras
wo ihr noch gestern gelagert
unwiederholbar
murrt er
verwischt die duftspur
grell färbt die sonne sein hemd
ungehemmt färbt sie
bestürzendes talwärts
entblößt es
vor den noch jungen ulmen
täuscht einen see vor
den weiher
nagelglatt glänzend
mit küsten entvölkert
die bö hebt sich
der böhmische wind
er bringt das teichmoos zum sprechen
die entengrützigen algen
bringt flugsand
der knirscht
zwischen den zähnen
schmeckt salzig
vermischt mit asche
uralter plünderungen

Niedergemachtes

Ich wüßte nicht
wovon ihr
nicht erfahren hättet:

Das mähwerk liegt herum
der erdrutsch dieses jahr war milde
weggeschwommen
wie anderswo

Gebeugt über den zaun
der milchmann erzählt etwas
und eine greisin
lacht darüber
mit ihrem waisenzahn

Mittags

Nicht aufzufressen
selbst von betonwürmern
die ich züchte
sind diese landschaften
nicht aufzumachen
nicht zuzutun

bloß aufzuwellen
zu langsam vielleicht
bloß aufbauschbar
zu mühevoll

mit fleiß
einst umzuwandeln
in meeresgrund

Heimatkunde

Schinder
wandernde gesellen
der knochenmühlen im tal
brüder oh
Tschechen
bin wieder so schwach
in heimatkunde

Dies ater
(Hinter der Grenze)

Und ob ich sie suchte
den Pischtora
Peter zu Kabesch
Ivan von Wernisch
tollkühne künstler
auf dünnem gerüst
einer zu tschechischen
mondfähre

hochgeflogene herren
wie du einst oh Herweg
du eiserne lerche

leben sie noch?
Sint si in todes wart?

und lebe noch ich
der trottel in fremdgärten
hinter den *sprichen* her
trotzköpfig
böhmisch betont
auf ur-erster silbe

damit ich *nieman*
triuege?

Hoffnungsvoll

Auch wir wußten nicht
unsere tölpel zu schätzen
vergebens
hielten sie ausschau
nach zottigen
eifrigen bräuten
der herbst spielte
gutgelaunt
triller-pfeife
hinter unseren rücken
froschiges viel
schien er zu versprechen
jemand im dorf schrieb
ein belehrendes buch
hierorts und diesjährig
nicht zu beenden
der harzkäse roch
nach kanarienvögeln
der region

Böhmen am Meer
(für Martin, gelandet dort 1989)

Der emsige ozean
unterbricht mich nicht
als ich ihn grüße
den sohn
und führe dem ort zu
wo man uns zeugt

natürlich
in diesem land
wo wir lachen
barfuß wie möwen

die gellend
willkommen heißen
hergeschwommenes

wie gut
ebenso lauthals zu ziehen
über das seegras
und hören die segel
im herbstwind

die boote
raten nach namen

und schmunzelnd zu zeigen
wie uneinnehmbar
die burgen
von denen wir kommen

wie steil
die sitze der fürsten
von Böhmen am Meer

Die Flucht zurück

Zwei raben
zwei rappen
wir fahren nach Ensko
ein freund läßt mich wissen
da wäre was los
der first meines hauses
läßt eicheln sprießen
firnisse aufgeschäumt
schlagen die korken aus flaschen

wo sind meine parkas
meine wintrigen sachen?

schlag weg verwehtes
um deine augen
stell ab die peace-makers
hol hol das
rabengespann

Fahnen von Ensko

Laken im vorsturm
schlagende segel
flottillen beflaggt
hinwegzufahren
den talg des tages
verwehungen
rings um das
dürftige zaunwerk
vor uns

Neun unnütze Geleitschiffe für einen Freund

Wie jedem Leser in einem wirklichen Buch ne spezielle Botschaft (Eu Gott! ich hör immer Botschaft!) eingebaut ist, so steckt auch für mich ne Message in diesem und ich kann sie Tag für Tag lesen. Werde mich hüten, darüber länger zu sprechen.

*

Er muß ja ein Liebling der Götter sein gemessen am zugewiesenen Leid, oder den Freuden. Wär er selber ein Gott wär es noch besser. Denn sie haben kein Herz und lächeln beim Anblick des Sarges vom eigenen Kind zum Beispiel. Oder Götter sind wahnsinnige Götter. O Gott schick mir Wahnsinn daß ich ein Leben lebe. So will ich alles betrachten.

*

Das Panorama das sich beim Lesen bewegt führt gebieterische Berge heran. Oft grausam geduldig beugen sie sich, einen Vers für Kabeš zu finden. Während man sich selber mit Kaffeesatz bescheidet.

*

Der König der Drosseln ein Bussard.

*

Alles ist wahr in diesen Gedichten. Ein Abendrot, welches den Einmarsch der Truppen Warschauer Paktes beleuchtet. Der Wald bei Ensko heißt im wirklichen Leben schon Babylon. Gruša kam nach Babylon und mußte in die andere Sprache rein. Es hat ihn fast übern Weltrand geblasen. Neu geboren mußte er werden. Böses Getier wie von Kafka geschildert, aber auch die böhmischen Hunde und Katzen an seiner Straße.

*

Das Buch ist Smetanas Moldau vergleichbar. Streckenweis heißt der Fluß Unheil. Reicht in den Da-capo-Frühling von Prag. Nun kommen die Dichter wie überwinterte Fliegen hervor.

*

Ein langes böhmisches Lied in vielen Strophen.

*

Babylonwald gibt verschiedenen Sinn. Rückt uns die Heimat Grušas vor Augen, den Wald da bei Ensko, bedeutet aber auch Sprachenverwirrung. Die Errettung des Dichters am Ufer der anderen Sprache ist in den Gedichten nun eingeschlossen wie ein besonderes sonst kaum zu bewahrendes Schimmern. Die vorübergehende Sprachlosigkeit aus vielen gleichzeitigen Gründen klingt mit. Die Grammatik der ersten Sprache lebt in der zweiten eine Weile noch fort. Dies gibtn eigenartigen schmerzlichen herzklopfenden Reiz. Man sieht den Gruša auf Rasiermessern gehn.

*

Seine Erfahrungen mit dem realen Sozialismus störten hier Illusionisten. Habe es mehrfach erlebt und angesehen. The Times They Are Changing seit sein Freund Havel ihn zum Botschafter machte. Weil er kaum die windigen Bäume aus seinen Gedichten vergißt und es nur Glühbirnen sind was so irr leuchtet.

Sarah Kirsch

Inhalt

Göttlich - 5
Der Ort - 6
Das Tintentier - 7
Der Garten - 8
Collage an Jana - 9
Erneut betont - 10
Café Slavia - 11
Das Panorama - 12
Die zehnte Elegie - 13
Hafenstadt Prag - 14
Promenaden - 15
Mein Vater tanzte - 16
An Rilke - 17
Im Maien - 18
November - 19
Wieder an Jirka P. - 20
Die Punkwa - 21
Abendrot - 22
Babylon - der Wald in Ensko - 23
Treppe hinunter - 24
Lazarus - 25
Saisonbereinigt - 26
Das Rein-mit-der-Sprache-Spiel - 27
Gelblich collagiert - 28
Spa - 29
Das Erwachen - 30
Ein Piktogram - 31
Ein Ort wie Dunkles - 32
Nachricht - 33
Zusätzlich eingetragen - 34
Pendeligel - 35
Ruhig - 36

Seelensee - 37
Die Kirche in Raron - 38
Das West-Spiel - 39
Oh, Venedig - 40
Das Leer-Spiel - 41
Die Zunge - 42
Aufenthaltserlaubnis - 43
Fluten - 44
Lästig - 45
Dementi I - 46
Fernreise - 47
Herausgerissen - 48
Nicht geräuschlos - 49
Schonungen - 50
Da capo Frühling in Prag - 51
Kapitän Nemo - 52
Busfahrt nach Bunzlau - 53
Nach dem schneelosen Winter - 54
Il ritorno d'Ulisse in Patria - 55
Notiert - 56
Dementi II - 57
Deus loci - 58
Die Bö - 59
Niedergemachtes - 60
Mittags - 61
Heimatkunde - 62
Dies ater - 63
Hoffnungsvoll - 64
Böhmen am Meer - 65
Die Flucht zurück - 67
Fahnen von Ensko - 68

CIP-Titelaufnahme der Deutschen Bibliothek
Gruša, Jiří:
Der Babylonwald : Gedichte 1988 / Jiří Gruša.
Nachw. von Sarah Kirsch.
Stuttgart: Deutsche Verlags-Anstalt, 1991
ISBN 3-421-06589-6

Typographie: Brigitte und Hans Peter Willberg, Eppstein
Satz: Knauer Layoutsatz GmbH, Stuttgart
Druck und Bindearbeit: Röck, Weinsberg
Printed in Germany